韓国現代文学選集　解説

あおい隣りの芝生までの距離

中沢けい

トランスビュー
TRANSVIEW

「となりの芝生はあおい」と言う。

二十一世紀と、世紀が改まった頃から、韓国を訪れる日本の旅行者が増えた。そして、日本から韓国に出かけた人が、いたるところで現在の韓国の人々のエネルギーを感じとり、嘆息する声を聞くことが、しばしばある。隣りの芝生はあおく見えるとは、このことかと微笑が洩れる。しかし、一方では、海を隔てた日本列島はやや枯れた芝生に覆われている感も否めない。さしずめ韓国は野も山も青草に覆われる初夏を迎え、日本は柔らかな陽ざしに草も木もやさしく眠る冬の日を過ごしているかのようなコントラストがある。

隣りの芝生はあおい。そういう気がするだけではない。実際に隣りの芝生はあおいのである。そういう時期を迎えている。そこに隣りの芝生までの距離が加わるものだから、芝はますますあおく、陽の光に照り輝いて見える。

どんな国にも種を蒔く季節もあれば、収穫の季節もある。韓国は今、収穫の季節というよりは、これまでの渇望を癒すように、さまざまな技法を試みる季節に入っているようだ。映画、テレビドラマ、ポピュラーソング、現代美術、ありとあらゆる分野に訪れた表現の自由を心から楽しんでいるように見える。

文学もまた例外ではない。

社会正義の追求や社会の矛盾を描いてきた韓国文学が、二十年ほど前から急速な変化を見せ始めてきた。最初に現れたのは、繊細な表現を求める潮流だった。それまでの男性的で生硬な文学に、女性的な柔らかさや柔軟さを持った文学が付け加えられた。さらに、リアリズムが主流であった文学に多彩な技法の駆使が現れてきた。次々と新しい文学が登場することに目をみはる思いをしたものだ。スピードの速い変化というものは、混乱や嘆きをもたらすことも珍しくないが、韓国の詩人や作家たちと直接に話をしてみると、混乱や嘆きがないでもないが、それよりもむしろ良い時代に巡り会った喜びと自負が大きい。そう感じるのは隣りの芝生であるためかもしれない。また、お互いに不自由な言葉を好意と親切心で補うしかないのだから、それが良い方向に作用していることは間違いがない。が、それ以上に、韓国の文学者は、新しい時代を切り拓いて行く自負心とプライドを持ち合わせていることも見逃がせない。

隣りの国である。

感情の親しさをこれほど感じさせてくれる外国はほかにないだろう。

言葉の壁は、時に程よい距離感を生み出してくれる。習慣の違いは、見慣れた日常に、新しい視点をもたらしてくれる。ここに絶妙なずれがある。現代の韓国を旅行したり、韓国映画を見たり、韓国文学を読んだりする人々が一様に口にするのは「懐かしい」という言葉だ。「懐かしい」という言葉は、おうおうにして過去を振り返る言葉、過去そのものという意味と混同されるものだが、今、初夏の季節を迎えている国に感じる「懐かしさ」は、果たしてそういう意味を含んでいるだろうか？　私の答えは「否」だ。現代韓国文学から感じられる豊穣な季節の輝きから、古めかしい過去の匂いは少しも感じられないのである。

男性的で生硬な文学に、女性的な柔らかさ柔軟さが付け加えられ、さらに様々な技法が試みられ、また、このアンソロジーに収録された作品には、新しい要素として、軽さや滑稽、ユーモアなども好まれ始めている様子が、見受けられる。

多くの人が「懐かしい」という言葉で言い表そうとしていることは、そこに豊かな感情世界が存在しているという意味の傾きを含んでいるのではないか。

韓国文学には情がある。現代社会の無味乾燥や孤独を描いても、情は失われていない。これは驚くべきことではないか？　韓国文学が夏草の勢いを持っているのは、人間の、東洋人の、情というものに対して作家たちが冷淡になってはいない証拠であろう。経済成長に寄りかかった甘ったるいニヒリズムに陥る暇を持たなかったのが、現代の韓国文学である。

　技法の追求が、単なる技法の追求で終わってしまうことはあるにしても、女性的な柔らかさが雰囲気だけに流されることはない。文学と現実社会との間の緊張感がそこに存在している。軽さ、滑稽、ユーモアも、決して露悪趣味や嘲笑、悪ふざけにまで流されることがない。無意味や空疎を弄ぶには、韓国社会の変化の速度は速すぎるのだ。また、その変化の背後には膠着状態のままのＭＤＬ（軍事分界線）が走る。朝鮮戦争は一九五三年七月に休戦ラインを定めたままの状態で現在に至っている。民族の分断という膠着を抱えたまま、観念を弄ぶことは出来ない。しかし、軍事政権から民主化への道を歩んだ韓国の人々には、地球上のほとんどの場所へ出かける自由がある。韓国の作家たちは、自分たちが手に入れた自由を作品の中へ貪欲に取り入れている。現代の韓国文学にないものを探すとすれば、冷笑だけかもしれない。人の情というものを殺してしまうあの冷たい笑みと、韓国文学は無縁である。

　金衍洙《キム・ヨンス》は、妻の友人だというインド人が家を尋ねて来る様子を「皆に幸せな新年」で描いている。言葉の通じない相手と、妻は「どうやって」友人になったのかという不安を抱えながら、主人公はインド人がピアノの調律をするのを眺める。たくさんの言葉を弄するよりも、お互いの気持ちを通わせたいという熱意のほうが重要だということを感じさせる小説である。また金衍洙は「ケイケイの名を呼んでみた」で、女性の文学者会議のためにソウルを訪れたアメリカの女性作家を描いている。この二つの作品の珍妙で奇妙なやり取りは、外国作家との国際フォーラムやシンポジウムでは必ず起きる珍妙さだと受け止めてもらってよい。金衍洙はそうした珍妙さやもどかしさを軽やかな精神で楽しんでいるらしい。それは、私が日韓の文学者会議で経験してきたところだ。韓国の作家との交際で、何がおもしろいと言って、お互いに言葉の運動神経を全開にして、言葉の不足、不自由を補い合う工夫をするところにある。言葉の運動神経を全開にすると、そこに朗らかな精神が現れる。この度、北九州市で開催される日本、韓国、中国の三ヶ国による東アジア文学フォーラムも、およそ二〇年に亘る韓国の作家との交際があったことが下地になっている。

崔 允《チェ・ユン》は、母親の最後を養女に看取らせたという負い目を持つ女性を「あの家の前」で描く。養女は家を出てからカメラマンとなっているのだが、驚いたことに心理的確執を持つ主人公を砂漠に置き去りにする。砂漠はたぶん北アフリカあたりであろう。手法としては内向的な小説だが、そのダイナミックな展開には驚かされる。

職を失い、妻も家を出て行った男の独白を李承雨《イ・スンウ》は「死海」で描いているのだが、タイトルは主人公の男に死海の水を使った事業に投資をしろと勧める友人の話が、男の想念と交錯するところに由来する。内向する男の想念の中へ猛烈な事業欲を持った知人の声が飛び込んでくるのである。内向的な独白の世界へも、外向的なエネルギーが飛び込んでくるところに微苦笑させられる。

金愛爛《キム・エラン》の「だれが海辺で気ままに花火を上げるのか」になるともう大笑いである。妻に死なれた男が男手ひとつで、忘れ形見の男の子を育てている。男の子はそろそろ死を怖れる年齢に達して、自分がどのように生まれたのかを知りたがる。死を怖れる年齢は同時に性に興味を持つ年齢でもあるのだが、不器用な父親は「あの秘密」を息子にうまく答えることができない。いきおい父親の告白は肝心なところで誇大な、妄想に近い話に発展する。夏の日、仲間の手で浜辺の砂に埋められた若い日の父親の性器の上に仕掛けられた花火から、お前は生まれたと父親は答える。種は飛び散って世界中に子どもたちができる。

「コペンハーゲンにいる。スカンジナビア半島にもいて、ブエノスアイレスにもいて、ストックホルムにも、平壌にも、イスタンブールにもいる」

と父親は答えるのだが、息子がこれに納得するわけはない。ますます焦る父親の姿はほほえましく、ソウルの食堂で法螺話に興じる男性の姿を彷彿とさせる。おかしみの中に生の手応えと悲しみが隠れている。韓国の女性作家の目は鋭い観察眼を持っている。それでいて、優しい。

金仁淑《キム・インスク》の描く家族は金愛爛よりもやや陰影を帯びている。「息、悪夢」は「彼」という三人称を用いているが、どこまでが想念の世界の出来事で、どこまでがリアルな現実なのか、その境界は明瞭ではない。母親らしい母親の肖像を「彼」は描いたというところからこの小説は始まる。その肖像は実際の母親よりも老け込んでいた。母とはそうあるべきだという「彼」の想像が生み出した母の絵が、冒頭で示される。父よりも母は家族にとって重要な存在である。その母と子どもである「彼」との間の微妙な感情の中に忍び込む殺意が、ゆるやかな文体の中に刻み込まれて行く。母という存在は父よりもずっと重い。子どもにとってと言うよりは、社会的な重みを持っているというべきだろう。母は子どもにとって母であるだけでなく、夫にとっても妻というよりは、母に近い存在であることが緻密に描かれながら、母と父との間の秘密がしだいに「彼」の想念の中へ忍び込む。不穏な小説だ。

林哲佑《イム・チョルウ》の「直線と毒ガス」の不穏さは「息、悪夢」と質を異にする。新聞に漫画を書いていた主人公は、漫画の表現が当局の忌避に触れる。それをきっかけにして漫画家は直線を描けなくなる。また、毒ガスが充満しているという不安に怯え始める。

精神科医の診察を受ける漫画家の独白で描かれるこの小説に現れる不穏さをいったいどう言ったら良いのだろう？　あまりにも直線的に進み過ぎた社会の底に隠れている、不穏な空気を造形した作品と言えばいいのだろうか？

呉貞姫《オ・ジョンヒ》は開発で変貌する都市の中を、工事現場の風景として描写しながら、そこに無力な存在として、障害を持った子と職につけない父を置く。「いまは静かな時」と題された作品で描かれるのは、工事現場の重機の力強さとは対照的な、危ういくらいに柔らかい人の身体とその暮らしだ。都市の中でクールに生きたいと望むのは、殷熙耕《ウン・ヒギョン》が描く「他人への話しかけ」の主人公の男だ。若く安定した職業を持つ男は、感情の起伏が激しい会社の仲間とは距離をとってクールに振る舞う。が、どうしたことか、面倒な恋愛ばかりしている女に頼られてしまうのである。その理由は「あなたは冷たいから」である。薄情な男たちに翻弄された女が目をつけるのが、クールで、しかし気弱な青年という展開がコミカルであり、同時に感情の激しさと薄情は紙一重であることをあぶりだす作品だ。

李滄東《イ・チャンドン》の「男の中の男」は、一九八七年の民主化大闘争の中で出会った一人の庶民的な男性の変貌を作家は「私」という一人称を用いて描く。韓国社会が大きく変わったのは一九八八年のソウル・オリンピック開催の年以来と言われる。八七年当時、

「何か感動的で劇的な場面」を「何となく期待した」のは、主人公の「私」ばかりでなく時代の空気としてそうしたものがあったに違いない。ソウルの繁華街、明洞のデモの中で出会ったのは、田舎からソウルに出てはきたものの、日々の暮らしさえ思うに任せない張炳万《チャン・ビョンマン》氏だった。彼は雑誌編集者から「確固たる民衆の立場から民衆の声を代弁する」代表者に見立てられたのだが、民主化闘争の中でインテリが思い浮かべる庶民とはかけ離れた男となって行く。しだいに世直し運動の闘士に変貌する様子は、滑稽であっても哀しい。この小説はどうしても一人称で書かれなければならないものだ。なぜなら、この小説の重要な要素は、登場人物ではなく全編に流れる深い感慨というものであるからだ。

深い感慨、これこそが人が「懐かしい」という言葉で言い表そうとしているものなのではないか。それぞれの主題や手法は異なっても、韓国の作家が描く作品世界には、固有の時間が定着されている。言葉によって時間がはっきりと捉えられているのだ。人が生きた時間というものが見失われることなく描かれている。当たり前のことのように思われるかもしれないが、感慨を持てない社会というものを、日本に生きている私は知っている。感慨を持てない社会では、死という絶対的な時間の停止でさえも、日常の反復の中に曖昧に消化されることを知らないわけではない。そこに挽歌が響くことはない。

都鍾煥《ト・ジョンファン》の詩をもし挽歌と言ってよいならば、ここに訳出された詩の広々とした空間の感覚は、挽歌が響く空間そのものだと言えるだろう。都鍾煥の詩を読む時、私は海のこちら側からではなく、もっと遠い世界からソウルを吹く風を、朝鮮半島の広がる青い空を、西の空を赤く染めて没して行く陽を眺める心地になる。喪失感は、癒すべき傷ではない。喪失感は詩を読む者の目を、遠い場所へと連れ出す力なのだ。

隣りの芝はあおく見える。

今という時を得てあおあおともえだしている隣りの芝生である。もし、隣りまでの距離が、芝生をより美しく見せているのなら、それはそれで良き贈物として受けとれば良い。それは時の贈物でもある。芝の根が深くのびるには冬の休息を必要としているのだから。

いまは静かな時　―韓国現代文学選集―

2010年11月25日 初版第1刷発行

編　者　東アジア文学フォーラム日本委員会

発行者　中嶋 廣

発行所　株式会社トランスビュー

東京都中央区日本橋浜町 2-10-1
郵便番号 103-0007
電話 03(3664)7334
URL http://www.transview.co.jp

組版・装幀　須山悠里
印刷・製本　中央精版印刷

ISBN978-4-7987-0100-4 C0097

＊本書収録作品の著者・訳者の紹介は各分冊の末尾に記した。

＊本書は日中韓 東アジア文学フォーラム 2010 in 北九州事業の一環として刊行する。
〔日中韓 東アジア文学フォーラム 2010 in 北九州〕
主催：日中韓 東アジア文学フォーラム 2010 in 北九州実行委員会、
東アジア文学フォーラム日本委員会、北九州市、(財)自治総合センター
共催：東アジア文学フォーラム中国委員会、東アジア文学フォーラム韓国委員会、
中国作家協会、テサン文化財団、韓国文化芸術委員会
助成：国際交流基金、ふくおか県民文化祭
支援：文化庁
協賛：講談社、集英社、小学館、文藝春秋、日本文学普及プロジェクト組合、資生堂

李承雨《イ・スンウ》

きむふな 訳

死海